그리워 그리는 그리움

그리워 그리는 그리움

발행일   2019년 3월 25일

지은이   이재학
펴낸이   손형국
펴낸곳   (주)북랩
편집인   선일영   편집   오경진, 최승헌, 최예은, 김경무
디자인   이현수, 김민하, 한수희, 김윤주, 허지혜   제작   박기성, 황동현, 구성우
마케팅   김회란, 박진관, 조하라
출판등록   2004. 12. 1(제2012-000051호)
주소   서울시 금천구 가산디지털 1로 168, 우림라이온스밸리 B동 B113, 114호
홈페이지   www.book.co.kr
전화번호   (02)2026-5777   팩스   (02)2026-5747

ISBN   979-11-6299-590-7 03810 (종이책)   979-11-6299-591-4 05810 (전자책)

이 도서의 국립중앙도서관 출판예정도서목록(CIP)은 서지정보유통지원시스템 홈페이지(http://seoji.nl.go.kr)와
국가자료공동목록시스템(http://www.nl.go.kr/kolisnet)에서 이용하실 수 있습니다.
(CIP제어번호: CIP2019009841)

이재학 시집

그리워 그리운 그리움

북랩 book Lab

서
두
에

살다 보니
나이가 들어갈수록 이런저런 생각에
그리움만 늘어가고 하는 것 없이
허송세월만 보냈다.
하다 보면 제풀에 지쳐 그만두겠지 하고
재미 삼아 시작한 것이 벌써 햇수로 삼 년째,
첫 시집을 내놓고 시간이 지날수록
성급했고 미흡했던 것만 떠올라
다시는 보고 싶지 않은 글이 대부분이더라.
그럼에도 불구하고 다시 한번
부족한 대로 그때그때의 감정을 옮겨 보았다.
이따금 한 장씩 펼쳐 남은 아쉬움을 달래고
그리운 사람을 그리워하고 싶다.

목 차

봄 속의 봄

감당할 수 없어
엄숙할 수밖에 없었던
축제의 향연
꽃들이 떠나간 자리엔
아쉬움을 보상하듯
어린 열매들이 맺혔다

눈부시게 파란 하늘
그 하늘빛을 머금은 초목
앳된 이파리들이 연출하는
봄 속의 봄
연둣빛 바람이 분다

그리는

복사꽃 길목에서

처음
네 모습에
놀란 아이처럼
처음
그 모습에 숨이 멎었다

네가
수줍어 낯을 붉히는
새봄이 오면

이 벅찬 가슴에
너를 품어
다독여 위로하리라

그리워 그리는 그리움
복사꽃 그대

웃는 얼굴

하늘엔
보고 싶은 얼굴이 있다
너를 그려 미소를 보내면
웃는 얼굴로 화답을 한다

곁에 있는 듯 함께 하는
따뜻한 위로의 무언 교감
다잡아보는 마음으로
눈 감아 가만히 하늘을 우러러
너의 숨결을 느껴본다

한낮의 따사로움이
영원 같은 기다림으로부터
내가 쉬어갈 수 있는
유일한 안식인 까닭이기에

오늘도 하늘 한 번 올려보고
너의 안부를 묻는다

그리워
그
리
는

그리움

하얀 민들레

울 밑 섬돌 아래
파란 하늘빛이 눈부셔
수줍게 낯 붉히는
어린 누이 같은 고운 아이야

한 귀퉁이에서 있는 듯 없는 듯
언제까지고 그 자리를 지키고 있을 것만 같은
그리움의 한 조각

꽃이
피고 지고 피고 지고
다시 돌아와 나를 찾아 줄 때까지
그리움을 실어 바람에 날리는
하얀 민들레의 기도

'내 사랑을 그대에게 드립니다'

그리워 그리는

나에게 너는

하늘빛을 머금은 바다
바닷빛을 머금은 하늘
누가 누구를 비추고 있는 것인지

내 앞에 있는 너도
네 앞에 있는 나도
서로의 모습으로 비치어지겠지

서로 마주 한다는 것
함께 한다는 것
나에게 너는
거울 앞에 선 자신의 또 다른 모습

보잘것없을지라도
소중한 의미가 있어
평생을 간직한 나만의 보물 같은
나에게 너는 그런 거야

그리움

진달래꽃 -셋-

아픔을 감추고
언제나 그 모습으로 웃고 있지만
내가 아파하는 걸
그대가 알아보는 건
바라지 않습니다

하지만
말하여 전하진 못하더라도
한결같은 마음이었다는 걸
그대가 미루어 짐작해주길
바랄 뿐입니다

너무나 짧은 생에
마음껏 그대를 바라볼 수 있어
나는 진정 행복합니다

그리워

그
리
는

그리움

오후의 휴식

꽃밭에는
아이들의 속삭임
하나하나 표정 속에 담긴 꽃말의 의미
쪼그리고 앉아 귀담아듣는 공감의 시간

강가에 서면
지난 세월이 덧없어
바라만 보는 상념의 시간
흐르는 강물 위로 던져보는 돌팔매질은
아쉬움이 많았던 까닭인지

파란 하늘
그리움의 끝자락
갈 수 없어 바라만 보는
그들이 있는 나라

세속에 묻혀 찌들어버린
묵은 때를 훌훌 털어버리는 새봄의 길목
따스한 봄날 오후의 한가로운 휴식

그리워
그
리
는

하루

슬픔을 안고
남겨진 사람들은
조금씩 조금씩 더 낡아간다

행복보다는
아픔이 많이 남았을 나이

두드릴수록 더 단단해지는 무쇠처럼
이제는 무덤덤 해져버린
그토록 여렸던 눈망울

그리워 그
리
는

나이만큼 멀어지고
나이만큼 어려지고
점점 더 살갑게 느껴지는
달과 별 바람과 구름
애처로운 생명들

뜨거웠던 순간들
기억에 의지하며
그리움을 덮고 하루가 간다

그리움

향수(鄕愁) -둘-

달이 뜨면
생선 등허리의 가시를 닮은 능선 울타리가
앞뒤로 마을을 감싸 안고
실타래 같은 마을의 시작과 끝을 알리는 신작로

밤하늘의 별만큼이나
맑은 별빛이 흐르는 앞 개울에는
아이들을 유혹하는 할미새들의 춤사위
돌다리를 밟고 건너는 개울 너머로
얼음장 같은 샘터

커다란 황소의 눈망울은
등짝에 붙은 쇠파리를 쫓아
이리저리 연신 꼬리를 휘저어 보지만
어디 가려운 곳 긁어 주는 주인의 손길만 하랴만
산골의 짧은 해는 고삐를 늦출 수가 없고
그들의 밀고 당기는 노랫소리는
들판에 생명을 불어넣는다

그리워 그
리
는

향수(鄕愁)

그리움만으로 머무른 것은

오랜 이별의 낯섦 때문인가

내려놓고 싶지 않은 욕심 때문인가

여전히 변치 않고 남은 것은

그 밤하늘의 별빛과 그 별을 헤는 아이일 뿐

그리움

너와 함께 걷고 싶은 길

솔밭 사이로
따갑지 않은 햇볕이
사이사이 가로등처럼 밝혀주고
이따금 하나씩 벤치가 있어
쉬어갈 수 있는 길
그 길의 끝이 바다였으면 좋겠다

이따금 지나치는 사람들은
하나가 아닌 둘이었으면 좋겠고
곁을 지날 땐 엷은 미소로
가벼운 눈인사를 나눴으면 좋겠다

눈빛만으로도
그 시간이 종일 설레고
첫사랑 아이처럼 두근거렸으면 좋겠다

그런 그 길을
너와 함께 걷고 싶다

그리움

그
리
는

새벽 월정사 산책로에는

어둠이 꼬리를 채 감추기도 전
새소리 바람 소리도 아직인 이른 새벽

밤사이 뱉어낸 초목의 숨결들이
새벽 산책로 바닥에 나지막이 깔리고
그 신선함을 폐부 깊숙이 들이키며 걷는 길

숲을 깨우는 발자국 소리에
산새들과 다람쥐가 빼꼼히 내다보고
쓰러진 대로 그 자태를 간직한 천년 고목
밤과 낮 그 주인이 바뀔 것만 같은 벤치에 앉아
그들과 함께한 사진 한 장

아쉬움에 뒤돌아보는 산책로에는
이제 막 들어서는 합장 비구니
저마다 바람을 품고 걷는 숲길
모두가 소원하는 대로 이루어지게 하소서

그리는

그리움

해바라기

설령
그 사랑의 끝이 허무라 하더라도
그런 사랑이 내게 다시 찾아오고
또 그 영원의 끝이 그리움이라면
또다시 긴 외로움을 맞는다 해도
나는 너를 숨 죽여 바라다보겠다

그리는
그
리
는

시를 쓰는 밤

시를 쓰는 밤

하늘이 허락한 날에
통념의 벽을 넘어
때 묻지 않은 동심으로
나를 깨운다

또 다른 공간에서
너와 나 그리고 우리들의
꿈꿔왔던 해후

내가 바라보는 대로
이루어보는
현실 같은 환상의 밤

그리움

바다 4

파도는

밀려왔다
밀려가기를
바닷가 모래알만큼

고운 모래알을 일어
켜켜이 백사장을 이룬다

그리는

그리움

내 사랑하는 사람아

이 고요가
조금은 외로워도
안도할 수 있는
최소한의 행복이란 걸

작은 행복이
죄스럽게 느껴지고
절제하고 인내하는 것이
할 수 있는 모든 것

누군가의
원망으로 되돌아온들
스스로 감내해내어야 할 몫

서로에게
의지하고 상처받고
남몰래 그리워하는
내 사랑하는 사람아

그리워 그
리
는

행복을 찾아서

살다가 살다가 힘겨워
그리움의 생목이 차오르면
발길 닿는 대로 걸어 보는 상념(想念)
드러내지 못한 그리움은
그리움보다 큰 아픔을 낸다

남은 반쪽의 행복을 찾아가는 것이
내가 살아가는 이유

세상에
존재하는 행복이야
소망하는 그 자체만으로도 행복이지만
존재하지 않는 행복은
그리움으로 남아
평생을 함께해야 할 몫으로 남는다

살다 보면

하나씩 내려놓고
하나씩 비어가는 자리
빈자리의 소중함을 알면서도
어느새 익숙해져 버린 혼자

때를 놓치고
다시 잡으려 애쓰는 것이
욕심이고 집착이란 것을
왜 이리 뒤늦게 알았던 걸까

갈수록 커져만 가는
채울 수 없는 허전함
그마저도 한겨울 햇살같이
그립고 아쉬운 기억으로 남겠지만

혼자인 것이 부대낄 때
소중했던 삶의 갈피를 펼쳐
고쳐 보고 아쉬워하는 궁상(窮狀)맞은 한탄은
이 늦은 계절의 끝에서
보내고 싶지 않은 집착인 걸까

그리네

사람으로 살아가기

얼마만큼 상처를 받고
얼마만큼 고통을 감내해야
이 삶의 터널을 빠져나갈 수 있을까

조금씩 조금씩 다가오는
피해갈 수 없는 삶의 수순
아물지 않는 상처는
무디어져 고통마저 느끼지 못하고
회한(悔恨)의 탄식(嘆息)만을 남긴다

순간의 행복으로
가리어질 수 있는 역경이 아니기에
안타까워 보일 수밖에 없는 삶의 몸부림
누가 누구를 탓하랴마는
타인에게 고통을 주는 행복은
그 나락의 골이 더 깊을 수밖에 없다

감당해낼 수 있을 만큼
이겨낼 수 있을 만큼이었으면 좋으련만
사람으로 살아가기가 녹록지 않다

시간여행

지금 우리는 시간을 여행 중인 거야
지나온 그 시간을
기억이라는 앨범에 담는 거지

누군가와 함께했던 여행길이
모두 행복했으면 좋으련만
엇갈리고 부정하고 아쉬워하며
잊히지 않고 더 깊게 각인되지

아물지 않는 상처는
남은 여행길에 짊어지고 가야 할 몫
갈수록 버거워만 지고
종착지는 점점 더 가까이 다가오고 있다는 거지

누군가 내게
어디를 가는지
무얼 하러 가는지 묻는다면
무어라 대답해야 하나
그냥 시간을 여행 중이라 답할까

그리메

돌아간다는 의미

살아간다는 것
견디어 낸다는 것
상처의 새살이 돋기까지
되돌아가기 위한
시련이고 수순인 걸까

생의 마지막에 임할 때
육신이 의지를 외면하면
미련은 고통을 남기고
아쉬움은 미소를 남기겠지

편히 눈 감을 수 있는지
그렇지 않은 지의 차이일 뿐
세상에 태어날 때처럼
되돌아갈 때에도
누군가의 축복이 있었으면 좋겠다

그리움

고뇌

뿌리칠 수 없는 현실
차라리 눈을 감아버린 비겁
삶이 무엇인지
무얼 위해 살아가는지

현실의 무게에 짓눌려
애틋한 안타까움이 역류하는 밤
시린 가슴을 감싸 안고
웅크려 온몸으로 버티어낸다

돌아가고 싶다
되돌리고 싶다
세상이 다하는 날에
분명 나는 돌아가고 있겠지만
그 또한 비겁한 욕심인 걸까

살아간다는 것이
스스로 자존심이 상하게 느껴지는 것은
나의 한계인가
나만의 한계인가

그리는
그
리
는

한숨

떼쟁이의 생떼에
싸릿가지 회초리 맞은
참기 힘든 아픔이었지만
울면서도 파고들던 품 안

무릎 위에 앉히고는
다독여 주는 손길 너머로
그때는 알 수 없었던 한숨 소리

아낌없이 내어 주고
온몸으로 막아섰던 모진 풍파
세상의 모든 그분들은 그러했으리라

품을 떠난 자식 걱정에
한숨으로 평생을 보내신
그분이 그리워
한숨으로 잠 못 드는 밤

세상살이

스스로
살아가야 한다는 걸
후회하며 깨닫기까지

함께 어울려
살아가야 한다는 걸
후회하며 깨닫기까지

모두를 담으려
모두를 비우려 애써보지만
부질없는 집착

단지
고통을 즐기는지
그렇지 않은지의 차이일 뿐

그리다
그
리
는

그리움의 끝에서

살다가 지치면
문득문득 빠져드는 그리움의 블랙홀
아련한 기억의 엉클어진 퍼즐 조각들
흐트러진 그대로 간직하고 싶은 나만의 영역

영혼은 남기고 육체만 빠져나온 듯
돌이킬 수 없는 안타까움에
신음하는 허깨비의 상(像)

행복의 허울이 진실만은 아니더라
그리운 것이 모두 행복했던 것만은 아니지만
아쉬움이 남는 것이 그때를 그립게 한다

그리워 그리는 그리움

그리움의 끝에서
흔들리는 갈대처럼 바람에 몸을 맡긴다

책장이 넘어가듯

지난 인연은
책장이 넘어가듯
순리에 맡기고
눈 감을 수밖에 없어

감추려 돌아서면
붉어지는 눈시울
잊으려 할수록
커져만 가는 그리움은
아픔보다 깊은 상처

그리는

기도

바랄 것도
원할 것도 없다

살얼음판 위를 걷는 것처럼
매일을 하루 같이 기도하는 마음으로

그냥 이대로 탈 없이
이 정적이 이어지기만을 바랄 뿐

더 이상 바랄 것도 원할 것도 없는 욕심

단풍

추녀 끝에 풍경이 울어대면
창문을 열어 그대를 맞는다
옅은 미소로 하늘을 바라고
눈을 감고서 그대를 부르면
그대는 가을 바람소리 되어
붉게 물든 낙엽으로 저문다

그리는 그
리
는

그 사랑의 끝이 그리움이라면

사랑은
마음을 주는 것
잠시라도 멈출 수 없는 것
갈수록 점점 더 깊어지는 것

설령 그 끝이 허무라 할지라도
그리움으로 남아 그 마지막을 함께하는 것

그런 사랑이 내게 찾아오고
그 영원의 끝이 그리움이라면
또다시 긴긴 외로움을 맞는다 해도
나는 너를 원 없이 사랑하겠다

그리다

그
리
는

너의 향기

함께했던 시간보다
그리움이 더 많았던 세월
여전히 그 자리를 지키고 있는 난
네 마음에 상처로 남을까
아무런 흔적도 남기지 않았다

설령 네가
낯선 타인의 모습으로
무심히 내 곁을 스쳐 지난다 해도
그 향기의 기억이
나를 멈추어 세워
하늘 한 번 올려볼 수 있게 한다면

아쉬워도 아쉬워도 서럽진 않겠다

그리움

소유 그리고 행복

내가 사랑하고 애착했던
세상의 모든 허울들
처음부터 내 것이 아니었던 것들

네가 거기에 있어 사랑했고
네가 거기에 있어 애착했다

마음은
머물다 떠나가는 것

그냥 그렇게
네 곁을 스쳐 지나간
그 순간이 그리워지면
눈을 감고 입가에 짓는 미소

그리다

그
리
는

내 마음의 독백

아픔도 곱씹으니 위로가 되더라
슬픔도 곱씹으니 기쁨이 되더라

내 안에서
영원할 것만 같았던
너를 내어놓을 수 없었기에
가슴에 묻고
숨죽여 바라만 보았다

그런 네가 미치도록 보고 싶다

그리움

우리

점점 멀어져 가는
종이배를 쫓다가
멈추어 바라볼 수밖에 없는
어린아이처럼

애절함은 망각을 잊은 듯
속절없이 시간은 흘러만 간다

그리는 그
리
는

멈추어버린 시간 2

세월은
우리들 모습을 바꾸어놓았어도
여전히 내 심장은
너를 향해 쉼 없이 뛴다

멀리서 또 가까이서
맴돌며 다가서지 못하는 것은
너를 지켜주고 싶은
나의 변명이란다

오래도록 곁에 남아
혹여 네가 외로울 때
의지할 수 있는 그 자리를 지키고 있으련다

울지 마라
울지 마라
너는 가장 소중한
나의 여인이란다

그리움

멈추어버린 시간 3

널 보내며
내 모습이 너에게 아픔이 될까
애써 보인 태연
너에겐
위안일까 서글픔일까

한길 수렁 같던 돌아선 걸음엔
온몸으로 느껴지는 허기
나에겐
미련일까 배려일까

시간의 절벽
갇혀버린 공간 속에서
너에게 보여주고 싶지 않은
나약한 모습

나에게 너는
사진 속 풍경처럼
그대로 멈추어버린 시간

그리ㅎ
그
리
는

달밤

별도 쪽배도
모두가 잠든 밤

산마루 정자는
달빛에 강을 건너고

그리움으로
아쉬움으로
밤새 마주 앉은 침묵

이른 닭울음 소리에
벌써 강 건너
노루목 고갯길을 넘는 달

그리움

꿈

꿈을 꾼다 빛바랜 사진 속에서
그리도 그려 왔던 고운 얼굴들
꿈이 아니길 바라는 꿈을 꾼다
갈 수 없었기에 더더욱 그리워
수 없이 드나들던 그리운 공간
홀로 버티어낼 수 있었던 것은
떨칠 수 없는 그리움 때문인가
이루지 못할 꿈인 줄 알면서도
이 그리움에 사무치는 건 왤까

그리워 그
리
는

빈손

남겨진 작은 공간에는
함께 했던 손때 묻은 가재도구와
꼬박꼬박 챙겨 먹던 약봉지들
오고 간 내역들이 일기처럼 적혀 있는
빛바랜 예금통장에는
주인을 잃어버린 쌈짓돈
미련이야 남았겠냐마는
아무개에게 남기는 당부(當付)의 메모

남길 것은 무엇이고
챙길 것은 무엇인가
되돌릴 수 없는 단념으로
하나하나 정리를 하고 보니
남은 것은 빈손에 남겨진 가락지 하나

그 사람이 그리울 뿐이라오

옛날

별빛 쌓인 능선 너머로
잠든 아기가 깰까
살며시 얼굴을 내미는 달

달빛 거울에 비친 산마루
개울 물소리에 실려 흐르고

밤마실 나온 아이는
달빛에 홀린 듯
제 그림자 밟으며 맴돈다

밤이 깊어 갈수록
또렷해지는 풀벌레 소리

댓돌 옆에 웅크려
선잠 자던 검둥개
서산 넘는 달을 보고 짖는다

그리는

전심(傳心)

꽃이 피고

단풍이 들고

첫눈이 내리면

네 곁에
내가 함께했다고…

그리움

그 눈빛 그 울음소리

무엇인가
하고 싶은 말이 있다는 듯
그렁그렁한 눈망울로 바라보다가
돌아서서 장승같이 버티고 선 누렁소

전생의 죗값을 치르기 위해
짐승으로 환생했다는
속설의 대상이라 더 측은해 보이는 걸까

그 커다란 눈으로
그들의 마음을 꿰뚫어 보고
자신만이 알 수 있는
그들을 향한 일갈의 울음소리

이내 체념한 듯 외면하고 돌아선다

그림

산사의 가을 소리

낙엽 내리는 소리
소록 소록 소록

낙엽 밟는 소리
사박 사박 사박

낙엽들의 속삭임
바스락 바스락

싸리 빗자루 낙엽 쓰는 소리
싸악 싸악 싸악

가을이 깊어간다

그리는   그
          리
          는

가을이 깊어 갈수록

어둠 속으로
점점 멀어져 가는 하늘

조급한 귀뚜리 소리에
밤늦도록 뒤척이는 밤
가을이 여물어 간다

싯말같은 가을밤에
마른 낙엽 부서지듯
무디어진 상처는

겨울이 오면
하얀 눈밭에
하얗게 하얗게 덮히고 싶다

가을은

가을은
바람에 밟혀
바스락거리는 낙엽 소리에도
귀를 쫑긋이게 하고

그 기억의 끝자락을 더듬어
이어도 보고
아쉬워하며
바라는 마음으로
그렇게

가을은 어느새
맑은 울림으로 다가와
아무도 모르는 사이
내 안에 둥지를 틀었다

그리메   그
리
는

카카오톡 안부편지

편지가 왔네요
빨간 점 하나
보낸 이는 그리운 사람
편지를 보냅니다
빨간 점 하나
받는 이는
알 수 없지요

편지가 왔네요
반가운 얼굴
편지를 보냅니다
의미도 없이

그리움

카페가 있는 해변

해변을 따라간 도롯가엔
바다를 향해 늘어선 카페들의 행렬
길들여진 에스프레소의 짙은 향만큼이나
익숙해져 버린 바다로의 행로

빈 가슴에 담고 싶은 것은
겨울 바다가 아닌 까닭인가
텅 빈 해변을 향해
수없이 카메라를 눌러보지만
건질 것 하나 없는 빈 껍데기일 뿐

모두가 떠나간 빈자리
아직도 못다함이 남은 까닭인지
식어버린 커피잔을 앞에 두고
텅 빈 겨울 바다와 마주 앉은 침묵
안목의 바다는 오늘도 평화롭기만 하다

그리메
그
리
는

그리움

솟대

멀리
그들이 떠나간 하늘
장대 꼭대기에 올라
모가지를 빼어 보지만
홀로 남겨진 채
목화(木化) 되어가는 가슴앓이
표정 없는 얼굴엔
더 이상 마를 눈물이 없다

또 바람이 분다

그리는

동거

불쑥불쑥 날아드는
낯선 얼굴들의 익숙한 인사
같은 모습의 어색한 동조
혼자 걷고 있을 뿐 혼자가 아닌
혼자 살고 있지만 혼자가 아닌

마음 비우기

비우고
또 비우고
그렇게 살아온 날들

쓸고 쓸어도
돌아서면 또 쌓이는
눈 내리는 날처럼

비워도 비워도
차오르는 미련은

떨쳐낼 수 없는
욕심 때문인가
못다한 사랑 때문인가

그리는

홍시

푸르러
시린 하늘에
주홍빛 물감으로
홍시가 그려졌다

겨울 가지 끝에서
모진 외로움에
그 속이 짓무르고 뭉그러져
홍시가 되기까지
온몸으로 견디고 버티어낸다

푸르러
시린 하늘에
주홍빛 물감으로
그렇게
홍시는 그려졌다

그리움

첫눈

파란 하늘에 가두었던 그리움
눈송이 타고 사뿐히 내려오면
살포시 손바닥에 받아 올리고
반가움에 어르고 입 맞춰주면
수줍어서 사르르 숨어 버리네

그리는

배웅

그 해
삼월의 마지막 날
때늦은 함박눈이 내렸다

지나온 흔적
예쁘게 예쁘게 포장하듯
하얀 함박눈이 내리고

눈은
눈물로 마음을 적시고
그 모습을 깊게 새겼다

그리움

겨울 목련

봄은 아직
깨어나질 않았는데
겨울의 가지 끝에서 홀로 움을 틔웠다
아직은 때가 이른 줄 저도 아는지
털북숭이 모습을 하고
그 속엔 무얼 그리 감춘 걸까

오늘일까
내일일까
알을 깨고 나오는 병아리처럼
때가 되면
팝콘이 터지듯
하얀 속살을 드러내겠지

그리는

정년퇴직/이 영삼

상상의 초능력으로
가상의 전장을 누비다가
어느 날 갑자기
일순간에 무력화되어버린 채
현실 세계로 튕겨져 나온
아바타의 혼돈

원치 않지만
비껴갈 수 없기에
극복해야만 하는 또 하나의 도전

인생에 퇴직은 있어도 정년은 없다

그리움

무제(無題)

언제부터인가 앞마당에는
이름 모를 새 한 마리가 찾아와 떠날 줄을 모르고
때론 아름다운 새소리로 때론 귀여운 몸짓으로
앞마당을 제집인 양 드나들었다
늘 혼자였던 그에게 어느덧 하루하루가
그 새를 기다리는 즐거움으로 이어지며
그의 외로움은 점차 사라져 갔다

비와 천둥이 심하게 울던 어느 밤이 지나고
하루도 거르지 않던 그 새가 보이질 않아
온종일 안절부절못하다가 마음을 가다듬고
새가 돌아왔을 때 편히 쉴 수 있도록
자주 찾던 나뭇가지의 한쪽 귀퉁이에
새로운 둥지를 마련해 주었다
하지만 하루가 지나고 이틀이 지나도
사라진 새는 그를 찾지 않았다
점차 기다림에 지쳐가는 그의 가슴에는
커다란 구멍이 뚫린 듯 찬바람이 몰려들었다

그리는

며칠이 지나서인가

반가운 새소리에 창문을 열어 보니

기다리던 그 새는 보이질 않고

낯선 파랑새 한 마리가 둥지를 차지한 채

분주히 드나들며 지저귀고 있었다

실망감은 잠시였고 그는 사라진 새를 대신하여

지금껏 그래 왔던 것처럼 정성을 다해

파랑새를 보살피기 시작했다

차츰 파랑새는 사라진 새의 빈자리를 채워갔고

그의 기억에서도 점차 잊혀갔다

그에게는 파랑새와의 즐거움만으로 가득했는데

그 둥지 아래 수풀 속에는

비와 천둥이 심하게 울던 그날 밤

추위와 공포에 휩싸였던 그 사라진 새가

밤새도록 그에게 도와달라 울어대다가

바닥에 떨어져 죽은 채로

잡초에 가리어져 말라가고 있었다

솔개의 꿈

세상을 발아래 놓고
하늘 높이 나는 연이 있었다
자신만큼 오를 수 있는 것은 오직 솔개뿐
언제부터인가 솔개를 제치고
가장 높이 하늘을 날고 싶은 꿈을 꾸었다
솔개마저 자신의 발아래 두고
높이 높이 하늘을 나는 꿈을

꿈이 이루어진 듯 하자
자신의 처지를 망각한 나머지 급기야는 자신이
스스로 바람을 타고 하늘을 나는 줄 착각하고
오만하게 스스로를 솔개라 칭하며
하늘 높이 더 높이 훨훨 나는 솔개

그리는
그
리
는

높게 오를수록 바람은 거세지는 법

자신의 주인과 가느다란 실 한 줄기에
자신의 운명이 달려 있다는 것을 망각한 대가로
하루아침에
'끈 떨어진 연'의 신세로 전락해버리고
일장춘몽에서 깨어난 솔개 아닌 솔개 연(鳶)

그리움

봄이 오는 서울숲/김 준기

대지를 적시는
봄비가 내리는 서울숲
긴 겨울이 만들어낸 회색의 도시

봄을 깨우는
딱따구리의 울림소리에
도심 속 작은 세상은
묵은 겨울을 털어내듯 기지개를 켠다

목마름에 애타던 어린 꽃망울들
날개깃에 머리를 묻고 선 외다리 백로
푸른 풀밭을 고대하는 생명들처럼

내 마음에도 촉촉이 봄비가 내린다

그리는

그
리
는

그래서

겨울 채비

낙엽이 지는
시월의 달력을 넘기며
보내고 싶지 않은
늦가을 끝자락의 간절함에도
계절은 겨울로 치닫는 질주를 한다

쌓인 낙엽들의 옷깃을 여미는 뒤척임처럼
온갖 잔소리에 덧붙이는 당부의 안부 전화는
빠지지 않는 겨울 채비 중 하나

한겨울 추위가 아무리 매섭기로
늦가을 홀로 덩그런 보름달만 하랴만

첫눈이 내리고 언 땅이 녹기까지가
그때는 왜 그리 더디기만 하던지

그리는

그리움

달의 시치미

'무궁화 꽃이 피었습니다'

돌아보면
언제나 그 자리

내가 눈치채지 못하는 사이
시치미를 떼고
둥근달은
조금씩 조금씩
옆으로 게걸음을 친다

'무궁화 꽃이 피었습니다'
'무궁화 꽃이 피었습니다'

그리는
그
리
는

눈 내리는 날에는

밤사이
멀리 큰 산 등허리에
하얗게 눈이 내리면

장작 패는 아버지의
손놀림은 빨라지고

첫눈을 고대하는
속내를 감춘 아이들

눈썰매를 준비하는 것도
아버지의 겨울 채비 중 하나

그 모습 그대로
그때보다
조금 낮아지고
조금은 가까워졌을 뿐

눈 내리는 날에는
멀리 큰 산을 바라본다

첫눈 바라기

빼꼼히 열어본 창문 틈으로
밤하늘을 올려다보며
한숨짓기를 수차례

기다림에 지쳐 잠든 밤사이
온 세상을 하얗게 덮은 첫눈

첫눈 본 강아지처럼
이리 뛰고 저리 뛰고
내복 바람으로 눈밭을 뒹굴다가

엄마 손에 이끌려
아침밥은 먹는 둥 마는 둥
눈사람을 만들까 눈썰매를 탈까
마음은 벌써 눈밭에 가 있다

그리는

별밤

밤하늘 별빛은
세상 이야기에 귀 기울이는
별들의 눈망울

기쁠 땐 초롱초롱 빛나는 눈빛
슬플 땐 안타까워 떨구는 별똥별 눈물
깜빡깜빡 아기별은 졸린 눈을 하고

세상 속 이야기로
소곤소곤대는 별들의 밤
반짝반짝 뜬눈으로 온밤을 지새운다

*초롱초롱, 별똥별, 깜빡깜빡, 소곤소곤, 반짝반짝
 모두 한자리에 모아 모아

그리움

별과의 재회

어린 시절

몹시도 추웠던 어느 겨울

신고 끌기에도 벅찬

아버지의 털신을 맨발에 걸치고

대문 앞에 치워져 쌓여있던 눈더미 위에

참았던 오줌을 누며

별빛의 겨울 밤하늘에 매료되어

내복 바람으로 그만 추위도 잊은 채

한참을 바라보다가

그대로 내 기억 속에 동화처럼 새겨져 버린 별

그때부터 나는

겨울밤 초롱초롱한 별빛의 하늘을 좋아했다

도시의 불빛에 묻혀

그 빛을 잃어버린 밤하늘의 모습에

어느새 익숙해져 버린 사이

불현듯 맞닥뜨린 그 하늘 그 별빛은

또 한 번 나를 그 자리에 얼어붙게 만들었다

그리다

그 별빛 아래 섰다

먼 길을 돌아
다시 제자리에 선
오랜 친구처럼

그 자리에서
그 모습으로
나를 맞이하는 별

지금껏
쭈욱 지켜보고 있었다는 듯

숨길 것도
감출 것도 없는
우리들만의 교감

별에게 나는
아직도
그 옛날의 어린아이였었나 보다

그리움

그리워 그
리
는

할미새의 고향

장맛비에
부쩍 키가 자란 강아지풀
들녘엔 메뚜기 철이 다가온다
갑자기 쏟아지는 소나기에도 아랑곳하지 않고
아이들은 물놀이에 정신이 없다
강가에 널어놓은 옷들이 채 마르기도 전에
주섬주섬 주워 입고 집으로 돌아가는 길엔
논두렁을 따라 강아지풀을 입에 물고는
메뚜기 잡기에 시간 가는 줄도 모르고…

기우뚱 갸우뚱 강가의 할미새
까만 얼굴 빡빡머리 어린 친구들
모두들 둥지를 떠난 지 이미 오래

반백의 모습으로
기억을 더듬는 것도 새로운 재미
모든 것이 바뀌었어도
여전히 변치 않는 것은
인간의 본능일까 욕심일까

그리움

별들의 먹방

둥근달을 먹고 사는 별

야금야금
어느새 반이나 먹어버려 남은 반달

그마저 야금야금
그믐달을 만들더니

몽땅 먹어버리고
온 세상을 암흑천지로 만들어버린 별

그리는
그
리
는

달의 씨앗은
시루 속 콩나물처럼
어둠 속에서 다시 움트기 시작하고

초승달
반달을 지나
둥근 보름달이 되면

밤하늘엔
또다시 시작되는 별들의 먹방

강아지풀

시골집 풍경 속
친숙한 강아지처럼
도랑 옆 둑길 가엔
언제까지나 기다려줄 것만 같은
가녀린 키에 복스러운 얼굴을 한
강아지풀
쑥 뽑아 들고
반가움에 콧등을 간질여 입에 물고
시간을 거슬러 오르며 걷는 둑길

옆 도랑에는
대바구니를 받쳐 놓고
버들치 잡던 어린 동무가
물고기 몰이를 재촉한다
한 손에 주전자를 들고
첨벙거리는 내 모습에
잠시 후 있을
대바구니 안이 궁금하다

그리워

우리들의 놀이터

따스한 햇볕이
언 땅을 녹여주던 곳
씻지 않은 얼굴들
그나마 고양이 세수라도 한 새침데기
한쪽 구석엔 달고나 아저씨의 바쁜 손놀림
찬 바닥에 무릎 꿇고 범 구멍 구슬치기
한 집에 네댓 형제들
밥때면 흩어지고 때 되면 모여드는
골목 사거리 양지바른 우리들의 놀이터
압강상회 앞마당

그리움

어린 시절의 기억 -하나-

나만의 비밀창고인 장독대 뒤편 한구석
감추어 두었던 딱지와 구슬을 꺼내려다가
그만 장독 뚜껑을 떨어뜨려 깨뜨려버리고는
놀란 가슴과 야단맞을 두려움에
지레 울음보를 터뜨려버렸는데
어디 다친 곳은 없는지 살피고는
등을 다독여 달래주시는 어머니의 손길에
울음소리는 멋쩍게 기어들어 갔다

그리는

울다가 보면
울음을 그쳐야 할 때가 있다
그때를 놓치면
눈물은 나오질 않고 울음소리만 나오는데
그것도 잠시뿐
주위를 둘러보고 눈치를 봐 가며
점차 소리를 줄여가야 하는데
울음소리가 멈출 때까지
그 짧은 순간이 어찌나 쑥스럽고 민망하던지

어린아이도 그럴진대 하물며 어른들은
그 짧은 순간을 어떻게 헤어날까

어린 시절의 기억 -둘-

징검다리 한가운데에 쪼그리고 앉아
물속을 노니는 버들치에게 마음을 빼앗긴 사이
때마침 징검다리를 건너오는 그 아이와
다리 중간에서 맞닥뜨렸다
둘은 말이 없었고
서로의 두 눈을 바라볼 수 없었다
약속이나 한 것처럼 돌다리 위에서
자연스레 두 손을 맞잡고 천천히 옆으로 돌아
가까스로 돌다리 위에서
서로의 몸을 비켜갈 수 있었다
그 아이의 두 손을 놓아 줄 때까지
쿵쾅거리는 심장 소리를 아이가 알아챌까
어린 꼬마는 숨을 참을 수밖에 없었고
꽃잎이 콧등을 스치듯 아이의 향기는
꼬마의 머릿속을 하얗게 만들어버렸다

그리는 그 리 는

나비가 돌다리마다 한 번씩 머물듯 하더니
강 건너편에 다다르자 아이는 뒤돌아보며
하얀 손을 흔들어주고 활짝 웃어 보였다
꼬마는 그저 멍하니 아이를 바라만 볼 뿐
그 아이를 따라 손을 흔들어주는 것도 잊은 채
한참을 그렇게 돌다리 위에 앉아
버들치들의 구경거리가 되고 말았다

어린 시절의 기억 -셋-

저녁 무렵 골목 어귀로
나물 바구니를 이고 집으로 돌아오는
엄마를 발견하고는 단숨에 달려나가
치맛자락을 잡고 매달리며
북받쳐 터져 나오는 울음소리에 어머니는
당황스럽고 안쓰러움에 앞치마를 들어
어린놈의 눈물 콧물로 범벅이 된 얼굴을
쓸어 닦아주고 등짝을 다독여 달래주셨지

그리워 그
리
는

어린놈의 투정으로만 아셨을
어머니의 짐작과는 달리
평상시에는 가지 않던 멀리 큰 산으로
나물을 캐러 간 엄마 걱정에
친구들과의 놀이도 뒤로한 채
하루 종일 걱정 어린 마음으로 집 안팎을 맴돌던
어린 꼬마의 애타는 마음을
다른 그 누가 어찌 짐작이나 했으랴
그저 어린놈의 생떼로만 알았겠지만
그 울음소리 속에는
안도의 긴 한숨이 숨어있었다는 것을
그 누구도 알지 못했을 것이다

어린 시절의 기억 -넷-

내 키가 닿지 않는 안방 선반 위에는
늘 대나무 회초리 한두 개가 놓여 있었고
어린 내가 심통을 부릴 때면 어김없이
어머니는 대나무 회초리를 들고 혼을 내셨는데
회초리로는 방바닥만 내리쳤을 뿐 단 한 번도
그 회초리로 매를 맞아 본 적은 없었다
말로 달래서 안 되는 생떼를 쓸 때에만
마당 한구석에 서 있는 싸리 빗자루에서
싸릿가지 하나를 빼어 들고 회초리로 쓰시고는
눈물 콧물로 범벅이 된 얼굴을 씻기고 나서야
평온한 일상으로 돌아오곤 했다

그리는 그
리
는

하루는 엄마 무르팍 위에 앉아
대나무 회초리를 쓰지 않는 이유를 물었더니
어머니는 내 얼굴을 쓰다듬으시며
'대나무 회초리에 맞으면 피가 마른다더라'
하시고는 미소를 지어 보이셨다
그 대답에 코끝이 찡해지며 파고들었던 품 안
엄마에 대한 믿음과 안도의 한숨이 교차했었지

회초리에 종아리를 맞으면서도 파고들었던
엄마 품이 그리워지는 건 나이가 들었어도
어쩔 수가 없는 모양인가 보다.